떠돌이 별, 마음 닿는 자리마다

모아드림 기획시선 142

떠돌이 별, 마음 닿는 자리마다

박시랑 시집

모아드림

이미 첫 시집을 펴낸 지 5년 가까이 세월이 흘렀다. 이유야 어떻든 거기엔 시인의 말도 해설도 다 생략되었다. 세상에는 읽어도 읽어도 싫지 않은 좋은 시도 많고 그런 시를 쓰시는 시인도 많은데 하필 못난 사람 하나가 시인이랍시고 두 번씩이나 시집을 펴낸다니 지나가는 소가 웃을 일일지도 모르겠다. 하지만 이 세상이 갖가지 부류의 사람들이 함께 어울려 희비애락을 나누다 가는 여정의 한 머무름터라 여기면 어떨까 싶다.

나는 어릴 적부터 비 내리는 날 대체로 우산을 가지고 다니지 않는다. 거추장스럽고 분실의 우려가 있다는 것도 그렇지만 우산이란 가랑비는 막을 수 있을지라도 바람속의 소나기는 피하기 어려우니 맞을 비는 맞아야 한다는 것이 나의 생각이다. 특히 비를 흠뻑 맞고 난 후 몸을 씻고 따뜻한 아랫목에 누워 말끔한 기분에 취하는 것이 그렇게 좋을 수가 없다. 어쩌면 그것이 성장 후의 내 삶을 꾸려가게 될 중요한 징후가 되었는지도 모르겠다. 첫 번째 시집도 그렇겠지만 이 번 시집에서도 그러한 삶의 냄새가 구석구석 배어 있으리라 여긴다. 부딪쳐 싸우다가 쓰러지고 만신창이의 모양새로 다시 달려들어 또 싸우다가 쓰러지는 파도처럼 살아와서 정신마저 혼미해져 갈 무렵 나는 지나는 길목마다의 노래를 부르기 시작했다. 늦게 배운 도둑질이 밤새는 줄 모른다던가? 내 육체와 정신이 글을 쓰는데 지장이 없는 한 팔색조 같은 내 영혼의 노래는 계속될 것이다. 별반 특출나지 않은 재주로 쓴 글이라 독자의 가슴에 가 닿으리라 여기지는 않지만 조금이나마 여러분들께 위안이 되고 힘들어 쓰러지고 싶은 분들에게 용기를 주고 힘이 될 수 있었으면 더욱 좋겠다.

음으로 양으로 글쓰기에 힘이 되어주신 여러분께 깊이 감사드린다. 가련한 영혼의 길잡이가 되어주신 김기석 목사님, 글 쓸 수 있도록 마당을 할애해주신 문학바탕, 무거운 짐을 지운 모아드림사 그리고 민망한 글을 멀리에서 지켜보시고 계실 나이 적은 모 시인과 거명할 수 없는 여러 시인께 온 마음으로 고개 숙인다. 한편으로는 게으르고 아둔하여 부진한 내 시가 여러분의 기대에 못 미쳐 죄송하기만 하다. 넓은 아량 베푸시기 바란다, 아직 모아 드림(More dream)을 꿈꾸고 있으니.

2013년 2월
경기도 시흥에서, 미람

차례

시인의 말

1부

2부

3부

4부

1부

달걀 튀기기

지구의 새끼일까 화성이나 금성의 새끼일까
산도 바다도 인적도 아직 깨어나지 못한 태초의 사막 빛
표피를 깨트리면
품었던 칠삭둥이 달의 핵과 맨틀이
따끈따끈 익어진 미끄러운 평판 우주의
벌린 입 속으로 쏟아지네
사산되는 달과 창백해지는 저 달무리
미래의 산도 바다도 강도 모두 죽어가는 신음은
몇 마리 새로 울며 침을 튀기고
생에의 미련은 거품을 문다
스스로 무덤이 된 저 주검의
봉분이나마 그냥 살려 놓을까
흩어서 개나리나 유채꽃밭을 만들까.

착화탄

혹여 애초부터 불멸의 기원을 꿈꾸었으랴

검은 몸 되어보면 알겠지
지금 눈동자마다 투시하고
염원하고 있는 것이 무엇인가를

유한한 목숨
어떻게 스스로를 태워 참 소멸에 이르고
아름다운 생성을 꿈꾸는가를

찌꺼기로 천대받을 것들이
몸에 배인 습기 가시고
뭉쳐 하나 되어
눈을 맑혀 주시하는 것만으로도
이미 한 번의 아름다운 환생이었다

누군가에게로 건너가는* 작은 불씨가 되어
단 한 번 활화산처럼 스스로를 태워

변화의 기폭이 되리라
나를 태워
다시 피어나는 꽃이 되리라
어디선가 차갑게 얼어 기진한 가슴에 불 지펴
생명의 꽃 피우게 하리라

어차피 살아있는 것들은 모두 미완성
완성된다는 것은
소멸이기 보다
나를 버려 변화되는 것이기에.

*윤성택의 산동네의 밤

피아노 뚜껑에 비친 피아니스트의 손

어둠 속에서
두 송이 튜울립이 바람에 몸을 휘며
서로의 혓바닥 같은 꽃잎을 내밀어
몸짓언어 속삭인다
저들만의 밀어로 보조를 맞추며 밀고 당기는
게걸음 사이로 밤은 익어 가고

햐얗게 선 울타리 위로 한 쌍의 도둑고양이같이
나란히 바람 앞에 고개 숙이며
앞걸음질과 뒷걸음질로
사랑의 유혹과 갈구를 반복한다

이승에서 못 다 피운 두 영혼의 사랑이듯
어둠을 안고 벌이는 은밀한 사랑의 실랑이로
서로의 거리는 멀다가 가깝다가
동행이듯 서로의 길이 다른 듯

저들 사이에 서로 하나 되는 미래는

애타고 불온한 시간이 지나야 오는 것인 듯
분주한 꽃의 몸짓에 나는
목이 타고.

빗살무늬

비가 바람을 만나
순간인 한 생을 빗살무늬로 내린다
창을 부딪는 빗줄기도
부딪혀 흩어지며 다시 빗살무늬로 남는다

내 눈 언덕에도 이제 빗살무늬 새겨진다
아무런 기척 없이 빗살무늬 몇 줄기 남긴 것이
다만 바람과 세월과 부딪침의 이유뿐이었을까

빛과 비와 어둠의 세월을 견디어 온
아침의 성장통
한나절의 열정, 사랑, 이별, 아픔, 눈물, 폭풍우
그리고 저물녘의 회한…
한데 부딪치고 어우러져
한 세월의 바람에 녹아 새겨진
저 무늬

허공에 몸 내밀고 살아가는 것들 모두

빗살무늬 새겨진다
저물녘 황혼에 땅거미 내리 듯
저만의 빛과 그림자의 사연들 고이 간직한 채

내 마음 속에도 저렇게
몇 줄기 빗살무늬 새겨져
오래 된 사적처럼 남아 있으리라
지난날의 빛과 비와 그늘의 시간에
회초리 맞은 흔적처럼
바람 앞의 눈물길이듯.

우화羽化를 기다리며

한 세상 이리 고웁게 피어나려는데
나울나울 봄바람결에 나부끼며 구름을 이고 사랑을 품고
누구를 기다리고 누구를 만나나
아무렴 아무렴, 고운 님 옷고름에 앉으면
여직 어둠과 눈물의 시간
씻은 듯 가시리

혹여 힘에 부치는 역풍의 깊고 높은 바람벽도
날개에 한 줄기 긴 세월 강 수를 놓고
눈물인들 설움인들 땀 젖는 언덕인들 무늬로 새기며
바람에 묻혀 고이고이 흘러가리라

천 년을 기다려온 소망 일시에 무너진들
은은한 종소리, 그 메아리로나 흘러가리라
공중에 한 획을 긋고 가는 작은 일도 상처로 앉을까 싶어
소리도 흔적도 없이
바람과 하나 되어

별빛을 안고 잠에 들고
이슬에 눈 비벼 잠을 깨며
그날이 그날 같은 한 시절
바람에 흐르는 꽃잎으로나, 물결에 떠가는 티끌로나 살아
내 한 생애가 온통 저문들
날개 달고 날으는 야트막한 비상 하나로도 아주 충분한.

하늘

지고하다 말하는 것은
아주 낮고도 가까운 나를
느끼지 못하기 때문이다
없는 듯 있는 듯, 멀리 또 가까이
푸른 듯 맑으며
높고도 낮으며 크고도 작은
존재의 가치를 인식시키려 하지 않고

어디든 빈자리 채워주며
당신의 머리끝에서 발끝까지
목숨 놓는 날까지 함께 하는 거다
갇힌 방 안에서도
음률 같은 당신의 숨소리 들으며,

굳이 손바닥 안에 가두려 하지 마라
잡으려 하면 손가락 사이로 빠져버리고*
손을 펴면 다시 그 위에 또 아래에 있으니

미미한 힘도 되어드리지 못하지만
무심히 있는 것은
언젠가 먼 훗날
당신도
내 안에 하나가 될 것을 믿기 때문이다.

*백지영의 〈총 맞은 것처럼〉

퇴직일 하오

귀 닳은 책상모에 걸터앉은 햇빛 조각도
이 빠진 재떨이에 꿈을 피워내던 꽁초도
눈치만 살피다가 돌아앉아 먼 산 보고

올 이도 갈 이도 없는 공허를 달래려
서랍을 열면
둥둥둥 내모는 북소리에
먼지를 덮고 잠들었던 필기구들
놀라 잠을 깬다

이 모든 것들이
얼마간의 세월 말없이 함께 걸어 온
내 길동무였구나

석양에 안겨 건물 밖을 나서면
길이란 길들은 다 외면하고
오로지 열린 퇴로를
처진 어깻죽지로 터덕이며 걷는 길은

외길도 수 천 갈래 생각만 흩어놓은 실밥이다

그래도 아직은 그래도 아직은을 되뇌어
내 영혼을 추스르며 걷는 길
내일은 어디쯤에서 지는 시간이 더 환한
미소꽃 벙글기를

단풍잎 같은
무르익는 과일 같은.

호랑나비, 들국화에 깃들다

한적한 전철역 승강장 울 밖의 풀밭
들국화에 앉은 호랑나비가
작은 꽃의 몸체를 덮고 앉아

양날개를 폈다가 오므리고 다시 폈다가 오므리기를 반
복한다
　바람이 지나가면 날개의 움직임이 빨라진다
　풍향에 따라 날개의 기울기도 달라진다
　마치 떨어져 내린 갈잎이 바람에 흔들리듯
　한 잎 낙화이듯

　저 나비 한 마리가
　생의 속도와 무게와 방향과 기울기를 조절하는 모습이
　염력 높은 구도자의 자세다
　시끄럽고 분주히 오가는 전철과 속된 세상사에는
　전혀 관심 없이

　바람결을 타고

날 듯 말 듯
먹이를 구하는 듯 졸음에 취한 듯 꿈을 꾸는 듯
지난한 길찾기의 날갯짓도 허공에 세운 수다한 언약들도
내려놓을 시점이 왔는지

꿈으로 건너 갈 겨울강을 미리 보는 저 나비가
몸으로 익히 알고 있는 것을
나는 아직도 모르고.

060606

돌아 온다
귀항하는 어선의
요동치는 활어를 찾아 헤매던 어부처럼
전조등과 집어등이 되어 붉어졌던 눈망울도
여명의 리트머스에 감기어
살포시 전원을 끄고

세파를 향해 곤두세우던 어깨
만선처럼 처진 채
요지경 같은 밤의 세상에서 쏟아지던

웃음, 눈물, 아우성, 불협화음
그리고 끝내 견디지 못하는 울분과 구토들이
생의 매듭으로 툭툭 불거지고 끊어지고 또 이어지던
어둠의 노래들을

내 일용할 양식과 함께
가슴에 담으며

첫 버스의 좌석에 앉아
추운 한기를 느끼며
선잠결에 옷깃을 여민다

지난 밤
온 몸으로 부대끼며
이 세상 모든 시인들처럼
나도 짧은 한 편의 시를 썼다

가로수와 가로등이, 나를 등에 태우고 흐르던 길들이,
밤 내 뜬눈으로 지새웠을 내가 모를 사람들이
그랬던 것처럼

어둠과 아픔이
슬픔과 쓰라림과 정겨움이 깃든
떠돌이별의 하룻밤을
고단함 속에 피워내는 희망의 멜로디로.

일용직 첫날

어젯밤 함박눈 내려 추워진 첫 출근날 아침
낡은 사출기의 세척 일을 배정받았다
아무 준비물도 없이 양복바지에 점퍼 차림이다
커다란 기계 속으로 몸을 밀어넣으며
내외부 구석구석에 두껍게 묻은 폐유를 끌칼로 벗기고
용해제를 분사하여 굳은 폐유 찌꺼기를 약화시켜 걸레
로 닦아낸다
걸레가 닦은 곳을 몸걸레가 다시 닦는다
내가 걸레가 되어야 기계가 깨끗해진다
기계가 머리에 어머님의 동백기름 같은 폐유를 발라 준다
용해제의 석유냄새가 그윽히 향기롭다
참도 오랜만에 맡아보는 바닥의 냄새와 구석진 자리의
어둠이 정겹고 편하다
입고 신었던 날 선 양복과 화이트 셔츠와 빛나던 구두가
어둠을 안고 고요한 자성에 드는 시간
나는 한 시절의 강 하류에서
요란하고 맑았던 물 빛 비늘을 털며
태초의 빛인 검정과의 친교를 시작한다
온 몸에 검은 빛 깊이 물들이며.

낡은 냉장고

심장은 700m 거리 밖을 흐르는 기관선이다

스스로의 열병에 자신을 데우지만 외등 꺼진 내면은 늘
어둡다

비좁은 독신자 숙소를 접하는 면적이 마음에 걸리지만
배척은 내 권한 밖

거식증이 내시경 검사를 요하지만 보호자가 부재 중인
데 의사가 와 줄 리 없다

의식불명의 내장에서 나는 상하고 역한 냄새에 코를 단
련시켜야 한다

주인이 누군지 모르는 환자의, 나는 아무 예고 없이 떠
나갈 다만 동거인

애착이나 온정은 동거인의 손익계산서상 지출란의 수
치를 증가시킬 뿐이다

함께하는 동안 제 역할을 다하지 못하면 투명을 초래하
겠지

이제 너의 차가움이 육신을 빠져나와 너를 보는 시선이
된다.

삼각김밥론

관료제의 계층구조를 포함하며
다분히 전제적이다

번드르르한 포장은 실제로도 포장용이고 접대성이어서
검은 욕망은 표출되기 마련이지

점성이 부족하여 쉽게 부서질 것들이
제 몸도 아닌 투명의 몸을 입고 압력을 행사하고
욕망의 하수인까지 두어 소금기를 더하며

흑색 외압에 눌려 두려워하는 무욕한 백성같은
순백의 몸들이 찰기의 진액을 쏟아내어
서로를 밀착시키는 사이로
짭조름한 농간을 묻혀 놓았다

와해될 운명의 체제는
일련의 유색 끄나풀을 필요로 한다

상층부를 먼저 해치우는 사람은 드물겠지
삼각의 아래쪽 양 모서리는 희생의 일순위이기 쉽다

꼭지점은 실상 가장 하위에 있어야 하는 것 아닌가.

적멸궁寂滅宮 일기

마음 하나 생멸의 경계를 넘는 일이 어디 그리 쉬운가
공허한 마음자리도 무시로
서글픈 기억의 는개비에 저리는 날들 숱한데

아직도 미완성인 시 한 편 허공에 새기다
하루에도 몇 번씩 드는 와불의 시간이 오면
토담 무너지듯 원고지 구겨지듯 육신은
속절도 없이 허물어지고 말아

지난 세월 빛과 어둠의 불망록이
베개 밑 경이 되어 꿈속에서 묵독하고
눈을 뜨면 시와 경을 읊조리는 사각화면을 따라
무명초 산발한 주지는 울고 웃는다

떠나간 사람들의 사랑의 말과 다가올 일들이
시재로 오다가 포말로 사라지는
명멸의 기억에 붙들려 지나가는 노을의
쓸쓸하고 고단한 마음밭이 혼자 붉다

하루에도 수 십 번을 죽어야 사는 천한 영혼의 빈터엔
농무 짙은 어스름녘이 함께 노닐고.

겨울 수련지에서

전쟁이었어요, 산다는 것은
지난 시절 다투어 피어난 푸르름 소리 없이 스러지고
청개구리 수병도, 장구애비 통신병도, 소금쟁이 파수병
도 모두 사라진 물면 위로
꽃불에 타버렸는지 난파되었는지 전함은 보이지 않고
앙상한 돛대들만 어수선한 선구를 거느리고 얼기설기
서서
파문으로 송신하는 전황도 생기 없는 뭍의 병색에 헛걸
음을 되돌리고
하늘 담은 눈을 맑히며 추위를 버티고 있어요
얼어붙는 계절의 참담한 폐허를 견디는 동안이
내면의 자신을 찾아가는 시간이지요
숨 멎는 순간까지 활력을 찾아 목숨줄 이어가는 것이
생이기에
난도질 같은 세찬 바람 앞에 스스로를 세워
탁한 물결 바람에 닦으며 제 몸 맑히는 물빛입니다
초록 위에 불꽃 타는 소리 없는 전쟁의 또 한 세상 열릴 때
고통을 축제로 승화시키며 살아가고저.

옷 고르는 여자

일요예배가 끝난 약혼녀가 나를 데리고 기성복 가게에
가서 내 옷을 고른다
양복과 타이와 화이트 셔츠가 모두 사무직에나 어울릴
옷들이다, 예복으로 입을 옷도 아닌데
나는 사무직에서 퇴직하여 막노동이나 일용직이나 자
유계약직으로 일할 예정이다
자유롭고 싶은 사람이 꽉 짜여진 틀 속에서 상하나 주
종의 관계 유지가 달갑지 못하듯
각선을 세우고 몸과 목을 조이는 부류의 의복은 마음에
답답함을 더할 뿐이다
더욱이 심장병과 고혈압이 있어 몸을 많이 움직여야 하
는 내 약점을 알고 있을까
자유직업에 적합한 옷을 고르자고 부탁해도 그녀는 자
꾸 깔끔히 보이는 의복에 눈이 간다
화장을 즐기는 약혼녀의 속내는 내 심장병과 고혈압을
자라게 할 약을 가졌네
나는 옷 고르는 일에서 눈을 돌려 그 가게의 벽에 걸린
십자가를 보고 있다.

500원짜리 동전 뒷면에서

쇳소리 울리며 환하게 웃던 웃음도
몇 번의 사계가 돌아가는 동안 싸늘히 식어지고
모래알 긁고 간 흔적 같은 은빛 실물결이
멍들고 금 간 지난 이력을 창백 위에 그려 놓았다

시장통 아주머니의 퀴퀴한 전대 속에서
함께 어둠을 절그렁거리던 친구들도 떠나고
해울음으로 달을 쥐고파하던 고사리 손과
찬 겨울 지하도 계단의 정수리를 감싼
얼고 때묻은 손바닥의 구걸들이
상흔의 실핏줄로 남았어도

빛 오는 자리마다 아직도 남은 환한 웃음을 담으며
힘차게 날개 털고 비상하는 학의 다리 동공에 새겨
지친 하루를 다시 기지개 켠다

내일은 또 어디로 흘러 갈까나
누구에겐가 결코 버릴 수 없는 작은
희망이고 웃음이 될 텐데.

황토언덕이 별 넷에게

네 개의 별은 황토언덕에서 떨어져 나가 저편 하늘에 걸리어 있고, 붉은 언덕은 먼 거리에서 바라만 보아야 한다

천둥벌거숭이 황토언덕은 하늘 향해 온전히 서고 싶어 푸른 언덕과 산들의 몸짓으로 스스로를 세우려 안간힘을 써 보고 때론 별이 빛날 수 있도록 혼자 어두워지고 싶지만 무너져 내리는 일 밖에는 할 수 없는 것을. 질척이는 마음 비에 흠뻑 젖으며 햇살을 받아도 속은 썩어지고 문둥이처럼 제 살점 무너뜨리며 존재의 의미를 잃고 있어도 별빛이 깜박일 때마다 심장은 벅차오르고 온 몸에 소름 돋는다

이 생에 남겨 놓은 별 넷 빛나게 할 한 줌 하늘도 되지 못하여 비 젖어 무너지던 황토언덕은 스스로 무너뜨리며 비를 부르는 것이다

허전하여서 허전하여서 빛나는 별빛들 멀어짐으로 허전하여서

황토를 닮은 별들아, 어쩌면 피조의 세상에서 서로 짐
진 무게가 다를지언정 만상이 그러려니 하며 힘겨워도 견
디어야 하리. 초롱한 별빛에게 짐 되기 싫어 나신의 언덕
은 등돌려 앉는다, 언덕이 평지로 깎이고 다시 더한 늪으
로 내려앉는다 해도

살아있는 동안 이 언덕에도 봄 오면 뜸성뜸성 연초록
봄풀 피는 소식 들려주어야 할 텐데, 황토빛 닮은 별들아.

2부

연기 혹은 종소리처럼

무정한 비망록의 싸늘함에 짙은 글씨 남기려 하는가
오래고 강한 정열로 이루어낸 꿈의 한 절정도
마알간 허공으로 이내 멀어지고
아득한 옛 전설의 편린으로도 기억되지 못하리라
가슴치며 아파하던 자책의 난타도
한 때 청중을 휘어잡던 쇳소리도
실체를 모르고 재가 되도록 나를 태우던 안타까움까지도
모두 지나가는 것
자랑처럼 금강의 비석에 새긴 생멸의 연대기도
세월과 바람 앞에 스러져 갈 일이 되고 말리니
그대 눈동자와 고막에 무엇으로 각인되기 전
유유히 사라지는 것이다
지상에 남길 것 무엇 있으랴
흘러가는 세월 앞에
나타난 것들은 이내 사라지고
사라진 것들은 또 다시 현현하는데
당신이 규정하려는 불변과 정형의 모양새는 어디에서
찾을까.

사랑병 진단서

부하직원이 보고서를 들고 와 보조탁자에 앉는다
— 보고 드릴 사안이 있습니다
— 왜 무슨 문제라도 있나
— ㅇㅇ중공업 입찰등록을 해야 하는데…

그녀의 웃음이 책상 위에 그득하고
부하직원의 말소리는 그 미소 속을 들락거린다

얼굴이 화끈거리고 뜨거운 열기가 상반신을 먹는다
심장박동은 북을 울리고
눈을 감아 집중력이 약해지는 의식을 버틴다
— 잠깐, 목이 타는데 물 좀 마시고…
　　처음부터 다시 얘기할까
　　머리가 좀 아파
— 괜찮겠습니까
— 응

다시 눈을 감는다

으시시한 냉기로 온 몸이 떨린다
또 그녀가 뭐라고 혼잣말을 하며 웃는다
심장에서 싸아한 아픔이 일고 혈압이 오르는 듯
다리는 힘이 빠지고 기운이 없어진다

지우개에 힘을 실어 이면지의 낙서를 빡빡 문지른다
(조퇴를 할까, 한 이삼 일 휴가라도 낼까)

볼트와 넛트를 조이며

직경 5 ㎜의 볼트에 너트를 조인다
높은 산 빙빙 돌아 오르며
길고 먼 삶의 길 함께 가기 위하여
둘 만의 내면의 길을 맞추듯

아래에서는 정상을 알 수 없다
갈 길의 방향도 난이도도 마지막 목표지점까지도
너트의 어둔 길을 볼트가 찾아내고
어둔 눈의 너트가 볼트 회로의 기점을 찾아 더듬는 것
부터
길은 캄캄한 그믐 밤 벼랑 위의 소로며
언제 어떤 변수로 생겨날 불화의 가능성도 미지수다

서로의 결속을 위하여
마음 길의 굳기도, 넓이도, 회전각도 같아야 한다
직선으로나 단 몇 번의 회전으로 조여선
서로의 손을 놓치고 헤어지기 쉽다

역회전을 허용하지 않는다
불순물이 끼어도 길은 멈춰지고
흠결이 있어도 서로는 영원히 만날 수 없게 된다

2인 삼각 경주는 아주 쉬운 일이다

함께 하는 길이란
서로의 육신과 영혼의 길이 일치되어
일탈도 변함도 없어야 함이거늘
홀로 떠도는 자여 그대 폐기된 볼트인가, 너트인가?

등고선

지도에 그려진 등고선
어디서부터 오름이고 어디서부터 내림인지
알 수 없는 파문의 길

직립하지 못하는 뒤뚱거림이
더 아름다울 수 있고
곡선은 직선보다 여유로운 것

완만한 평지에서 여유롭던 흐름도
가파른 오르막에선 서로의 어깨 밀착시켜
긴장의 끈을 조이고
앞과 뒤
서로 살아있음을 확인해야지

정상에 도달하여 완주의 환희로 만세를 부른다 해도
중도에 길을 잃고 되돌아선다 해도
심오한 의미 부여하지 않아도 되리

저마다 주어진 길을 가는
그 속엔 타인이 모르는 천의 비의도 있으리니
천사도 축생도 되지 못하고
천상도 지하도 아닌 이 땅 위에서

생명의 물결은
그렇게 흘러가는 것.

낮달이 쉬고 있어요

밤마다 담금질하던 울금빛 꿈도
쇳소리 울리던 카랑함도
밝은 빛 앞에 뜨물같이 바래어지고

거뭇한 버짐 피어
어깨너머 곁눈질이나 하며
이따금 눈치놀음도 마다않고 겉돌아요
썰다 버린 무우 조각의 창백으로

어둠을 헤집으며
꿈을 찾아 헤매던 열망의 골짜기도
가만가만 구름에 살 닦으며 기다리던
그믐밤의 해후도
지금은 까마득 잊었어요

얼뜨기 같이 무념으로 허송하는 걸
누가 거들떠나 보겠어요
쓸쓸함도 몸에 익어

이제 모르고 살아요

지상의 어둠 밝혀내는 일이
몸과 맘 몹시 상하는 일이지만
다시 내가 온전한 나로 돌아올
그 밤이 오기까지 가다리는 때입니다

지상을 향한 내 사랑 하나 고이 간직한 채.

가방을 챙기며

노독勞毒이 미명으로 앉은 시간
어느 곳에서 넋 나간 듯 앉아 하루를 지낼지 모르는
가방을 연다

기름때 묻어 얼룩지고 틀어진 작업복과
작업모, 선글라스, 마스크, 일회용밴드, 칫솔, 치약, 책
가지…
얌전히 있던 것들이 무너질 듯한 입구를 빠져나오고
남은 속을 털어내면

밑바닥의 쇳가루, 흙먼지, 유리섬유가
지우지 못한 눈꼽처럼 방바닥으로 떨어진다
덜 씻긴 땀내음과
피흐르는 듯 쇳내가 난다

그 안엔 남 모르는 눈물 몇 방울과
지게차 소리, 사출기 기계음, 연마기 소리, 용접봉 불
꽃…

철판에 찢긴 살갗과 쥐어지지 않는
손마디의 관절통까지 묻어 있을 게다

산다는 것은피와 땀과 눈물의 삼액이라 했던가
고스란히 한 생을 살고 있는 가방
비닐봉투에 옷가지와 하루살이를 챙겨 넣고 어깨에
매면
가방도 고단함에 매달린 몸을 웅크린다

우두커니 앉아 노동을 지켜보며
주인을 기다리는 하루하루가
노동보다 겨운 고통이어도
도인의 경지에 이른 듯 언제나 말이 없는.

백지에 쓴 알파벳 소문자 'k'

눈 덮힌 빈 들
전신주에 기대어 꺾어 선채로
가슴 속 깊이에서 울려오던
그날 우리 사랑의 세미한 고동소리를
곱듣고 있습니다

하늘 땅 경계도 사라지고
보이는 건 모두 다 하얗게 새하얗게 덮여진
아득한 백야 뿐이지만

세월을 꽃이라 여기며
가뭇없는 기다림 하나 빈 허공에 걸어놓고
내 마음 온통 꺾이어
그대 영혼에서 울려올 실가닥 같은 부름의 소리
붙들고 싶은 거지요

보이지 않는 바람은
가슴을 속속들이 후비지만

그대 사랑하는 마음 하나로 나를
데우고 있지요.

유혹을 위하여

우선 당신의 시선을 끌어들이려면,

다른 것들과는 다소 구분될 몇 가지 요소를 갖는 거야
색상과 언행과 영혼에서 조금은 개성이 두드러지는 표면
색이어야 하고 약간의 깊이를 더하여 보다 달콤하고 부드
러운 울림이 있어야지

너무 다의적인 색상과 어조로 마음의 혼돈을 초래하는
것이나 쉬 피곤함을 유발하는 것은 피하는 거야

점차 농도를 짙게 하여

당신의 심리상 동일한 것에 대한 관심이 삼 분 이십 초
이내에 단속되리라는 것을 염두에 두고 적시에 관심의 일
탈을 방지하는 변화의 포인트를 심어 분위기를 바꿔가며

상한 말과 색으로 심미心味를 흐리게 하기보단 신선한
충격으로 마음의 감탄과 미소를 불규칙적 연속적으로 일
으키게 하는 거야

영혼을 우리는 색상과 언행으로 이따금 조율하여 내 마
음 깊고 깊은데서 쳐 놓은 그물망에 갇혀 옴짝달싹 못하

면서도 마법에 걸린듯 내 영혼의 자석지휘봉 끝을 따라
움직이는 쇳가루 같아지는 거야 당신은

그 다음은 내 마음의 전원이 꺼지는 순간까지 내 깊은
울림의 회전반 위에서 시종일관 흔들리는 물체처럼 되어
당신 영혼의 척추골이 저릿저릿 저리다가 통증이 깊어지
고 말초신경에까지 확산되어져 다시 회복될 수 없는 불치
의 병이 되어 목숨 다하는 날까지 나의 꿈만 꾸는.

허공에 묻혀

내게 물어오는 그대 목소리를 몰라
내가 가야 할 길을 알려오는 그대를 몰라
한 치 앞에 목말라 애태우는
오늘이 있고
그대 옷깃에 온 몸을 치대며 산다

이 누리 처음 울리던 탄성과
생명의 마지막 눈 감는 모습 위로 지는 한 방울
눈물까지 품에 안고

천상의 노래도
흑암 속 흐느끼는 깊은 울음도 묻고 사는
크고도 깊은 그 마음 속에서
우린 또 날개를 퍼덕이다가
소실점 너머로 사라지는 새들

그대에게도
무심한 듯 깊고도 다감한 그대에게도

햇빛 비치고 바람이 불고 구름과 이슬비 그리고 눈
가슴을 찢는 천둥소리…

사계가 응석을 부리며 가고 또 오는구나
진정 사랑하는 것은 안은 듯 놓아버린 듯
아무 말도 하지 않는 천금같은 묵언인가

미소와 서글픔이 하나로 어우러진 듯
색감 짙은 무색의
품 안에 사는 우리는

아무리 자라도 키가 모자라는 나무
아무리 몸 불려도 여윈 풀잎
맑혀도 맑혀도 청정해지지 않는 탁류

그런 것들마저 다 쓰다듬어 안는.

데스크라잍 흐르는 방

적요의 밤
데스크 라잍 하나 밝혀두고 누워
지그시 실눈을 하고 바라본다

하얀 돛배가 되어 흰 그림자 드리우고
십자의 광휘光輝를 온 몸에 멘 채로
쉼없이 흐르는 불빛

회잿빛 바다와 하늘 맞닿은 듯한 천정에
이승과 저승의 경계처럼 까만
선 하나 모서리를 향해 모이고
돛배는 그 경계마저 넘어 흐른다

저토록 선명한 생사의 갈림 터도 넘어
어디가 종착항인지도 모르는 채
자꾸만 흘러가는 등선燈船 한 척

보이지 않는 듯 해도

이 세상 뭇생명들 저렇게
저만의 십자가를 지고 묵묵히 가고 있으리라

어쩌면 주어진 한계도 넘어
나름의 희망을 꿈꾸며
가야 할 길 쉼 없이 가고 있을
성실한 생명들.

설야를 걸어가는 눈사람

밤 12시 40분 한적한 시골
손님은 떠나시고 함박눈은 끊임없이 내리는데
쌓여가는 눈길을 기우뚱거리며 걷는다

행선지는 42㎞ 북쪽
그리운 것은 쌓이기보다
단 하나로 단순하여진다

간간이 지나치는 차량의 불빛을 향해
손을 들어본다
온기를 그리며
(유령이나 흉악범의 손짓으로 보일까
갈 길이 바빠 그도 저도 무관심할까)

지나치는 장례식장의 불빛에서도
온기를 느끼고 싶다
라이터를 켜서 불꽃 위에 손을 얹어본다

머리 위에 쌓이는 눈꽃을 머리를 흔들어 털어낸다
등허리를 흐르는 눈雪물이 졸음을 깜짝 깨운다

겉옷에 쌓이는 눈꽃을 몸을 흔들어 털어낸다

간절히 그리운 것은
쉽게 이루어지지 않는 것

공동묘지로 보이는 산길을 걸어간다
차량의 지나침이 없는 몇 분간 몸에서
일제히 일어서는 털들
음계를 넣어 휘파람을 분다

젖은 발이 아려오고
찬바람 맞은 뱃속이 차갑다
발끝에 힘을 주고 배를 문지르며 걷는다

걸어야겠지
주저앉을 수는 없는 일
가야 한다 가야 한다
이 어둠에 눈 내리는 길을
희망의 불빛 이정표로 걸어놓고.

돌

무릇
빛을 잃으면 무상함을 동반한다
잃어진 빛은 내면으로 감추어지고
외면은 굳어진 내면이 표출하는
퇴색의 창이다

한 때는
어둔 하늘에 빛나던 몸짓 하나로도
그대의 글썽이던 그리움이었겠지
뭇가슴마다 눈동자마다 우러러 바라보며
이루고 싶어하는 꿈도
묻고 살았으리

세상의 발길질과 팔매질에 익어질 즈음
비로소 온전한 빛으로
거듭나고 있는 거다

비록
고귀한 품새는 지니지 못했어도
경멸의 눈빛을 보내지 말아 다오

내 안의 중심은 확실하여
그 경멸의 눈빛에 흔들리지 않고
누가 건드리지 않으면
고이 앉은뱅이로 살고 싶다네

나를 집어 어떤 목적물을 향하여
던지려고도 말아 다오
발끝으로 차려고도 말아다오

내가 누군가에게
채이는 아픔과 슬픔보다
던져진 내가 누군가에게로 향하는
무기가 되고 싶지 않음이다

다만
낙화한 꽃의 시들음으로
한 번 쯤 되새겨 다오
내 반짝이던 밤들을

더욱이 별이라 부르지 말아 다오.

코브라에게 세례 받는 저녁

벽면에 붙잡힌 채 코브라는
머리를 꼿꼿이 세우고
출입구를 바라보며 지낸다

낮 동안 무수히 지은
죄로 얼룩져 돌아오는 사람들을
기다리며

누군가 세례의 사정권 내에 들어와
붙들린 머리를 풀면
죄로 가득한 알몸 앞에
코브라가 먼저 움찔 놀라며
입에서 독기 하나 없는 청정수를 뿜어
안수한다

머릿결 사이마다 묻어있고
입으로 발끝으로 저지른 수많은 죄와
배꼽 아래 구석진 곳에서 품었던 음욕의 죄까지

먼지때와 기름때로 얼룩진 구석구석을 씻어낼 때
비로소 죄인의 하루가 환하게 맑아진다

코브라의 입을 거치면
세례수요, 성수요, 생명수가 되는 저 물로
꼬질꼬질 묻어있던 죄의 잔재가 벗겨져
온 몸과 영혼을 덮었던 탁한 죄 사하여지며
맑고도 차분한 평심으로 돌아온다

코브라 성자 앞에
알몸이 드리는 예배로
무겁고도 혼돈된 하루가 속량되고
몸과 영혼이 안식할
평온의 바다에 이르는.

고사목에 핀 능소화

출퇴근하는 언덕길에
벼락이라도 맞은 듯
잎새 하나 없이 서 있는 커다란
고사목 한 그루를
자연발아한 것인지
누가 심은 것인지
나선형으로 감아 오르는
능소화 넝쿨이 나무의 가지인 듯 잎새인 듯
정맥을 불끈 내밀고
마냥 천연덕스럽다
무슨 필생의 인연인지
죽었어도 보낼 수 없어
녹엽의 옷 덮어주며 쓰다듬고
군데군데 환한 미소로 꽃을 피우며
앙상한 나무 끝을 향해 오르는 것이
죽어도 보낼 수 없는 깊은 사연이 깃들어
이승과 저승을 초월한
오로지의 사랑이 담겨있는 듯

죽은 이의 몸에 엎디어 목놓아 울다가
허리끈 질끈 동여매고 삶을 지향하는
여인의 넋이다
내게는 까마득히 멀기만 한 저
외사랑
죽어도 다시 살려
부활의 믿음을 시현하려는 능소화
저 줄기와 꽃송이마다
하늘의 손길이 깃들어 있는 듯.

고층빌딩에 붙어사는 책벌레

안산의 한 도시중심가에는
밤이면 제 몸에 불을 밝혀
하, 십 리 밖에서도 보이는
초고층 건물에 기대어
달빛과 별빛을 모으며 책 읽는 독서가가 있으니
제 몸에 불 밝혔으면 불에 탈 법도 한데
여지껏 몸이 불타서 목숨 끊어졌다거나
소신공양했다는 소리 들은 바 없고
묵독이라 책 읽는 소리도
책장 넘기는 소리마저 들리지 않으며
눈으로인지 마음으로인지
손 하나 까딱 않고 책장을 넘기는 것이
천하의 속독 강의로도 터득할 수 없는 최고의 속독술로
초당 한 장씩인데
몇 리 밖에서도 훤히 보인다
영문서인지 고문서인지도 알 수 없는
꼭 한 권 뿐인 무슨 책을 사시사철 읽는데
책장이나 책꺼풀 낡아서 새로 책 사는 법이 있을까
해질녘부터 이튿날 해 뜰 무렵까지

화장실 가거나 새참 먹는 일도 없이 책만 읽는
저 지독한 독서가가 조만간
한꺼번에 삼시를 두루 합격하거나
세상에서 유일하게 뽑는 무슨 자리에 선발되거나
어쩌면 무슨 경을 읽고 있어
무량세계를 점지해내는 득도에 이르든지
하늘의 계시를 받는 초유의 영적 지도자가 될 거라
책으로 크게 하나 된다는 저 백육십 척의 전광체.

또 다른 행복을 지향하며

해고통지서를 시작으로
쓸모없어 버려진 것들을 오래고 깊이
바라본다,
자유의 시작인 줄도 모르고

18년간의 동행을 마다하고 친구 하나 멀리 떠나고
아이들 하나씩 제 갈 길로 멀어져 갔다
전화기에는 수신음이 들리지 않는 날이 늘어간다

온정은 창밖을 맴돌다 떠나고
조각 햇살이 한가한 내 주말 오후를
엿보곤 간다

마이너스 통장을 담보로 적금을 들라는 청탁이 잦아진다
보험을 해약해서 생활비로 썼다
기름때 절은 옷가지가 세탁소에서 거절당하여
쓰레기통에 버려지고
재활용품점을 찾는 날이 많아진다

일과 잠 이외의 일들이 불필요해져 간다
마음에 든다, 사랑한다는 등의 말들이
딴 세상 이야기로 들려오고
어떤 부류의 대화에도 끼어들기 보다는
바라보기만 한다

뼈아픈 후회* 같은 건
한 생을 건너면 생각나려나
오늘 하루가 무심천으로 흐르고
눈 하나 살아있는 세상 위로
해가 뜨고 달이 지고

살아 숨쉬는 행복 하나
오늘도 내일도…

*황지우의 시제

3부

하류

통속한 일렁임의
노래와 춤을 향한 길 참 멀기도 하였다
청명의 이름으로 살던 날의
맑고 좁은 길목엔
조율되지 않는 음색들이 부딪쳐 소란스러웠고
골목마다 지르던 함성도
피끓음으로 몸살하던
꿈과 소망, 사랑의 노래도
수다한 수포로 일어선 지고 말았네
걷다가 뛰다가 노천을 겉돌며 때론 쉬엄쉬엄
한 천 삼백리쯤 지나
땀과 눈물에 젖고
흙먼지 기름때 절은 속옷을 풀어헤치면
콤콤한 뺄내음과 녹내음 녹아나고
곡절의 여정이 촌부의 적삼 속같이 우러나
겪어온 풍상 아무런 말 없이
서로 쓰다듬는 아랫것들이 되는 거라
아무 것도, 참 아무 것도* 아닌 일들로

애태우던 밤들이 검푸른 속내로 잠겨든다
황혼에 물들어 탁주빛 파도는
개펄을 쓰다듬으며 취하여 돌아오는데
간간한 소금기 곁들여진
이제 지상의 막다른 저지
하류는 하늘 사다리를 타고 승천할 기다림으로
가장 낮아짐을 익히는
화엄을 향한 늪.

*김춘수의 「서풍부」에서

비망록 1

촉촉이 아침 이슬에 젖으며 싹트는
작은 떡잎도
나름의 산통과 울음 끝에 피어난 생이랍니다

순환하는 계절을 따라 피고 지는 생명의
숨은 의미를
알알이 알 수야 있겠습니까

풋열매 몸 불리듯
건들거리던 날의 서투른 몸짓들
마냥 부끄럽지만

피말리는 사랑의 갈구와
어깨를 짓누르는 겨운 생의 무게와
혼자 울어 지새는 수다한 밤들도
기도로 숨쉬는 동안은 견딜 수 있을 겁니다

제 의지로 이 땅에 온 것 어디 있겠습니까

애연두빛 피어난 잎새
몇 줄기 굵은 힘줄 남아 갈잎으로 사라지듯
우리 함께 어울리던 노래도, 기쁨과 설움의 눈물도
허공에 쓰고 지우는
풀잎의 몸시가 되고 말 겁니다

흙먼지 휘감으며 다가오는 비바람 앞의
연하디 연한 초록 흔들림들
한 생의 요철과 바람길도 머잖아
까마득히 묻혀진 사연이 되고
눈 뜨고 사는 날 불러주던 이름이름들 지워지면

지금 머무는 이 자리에
다른 누군가 와 앉아
답습 같은 생을 또 그렇게 살겠지요

무엇을 남기려 하겠습니까
힘겹고 희비에 휩싸인 우리의 날들
기억의 먼지도 못될 것을.

변주곡, 사계

1. 봄

갓 태어난
생명의 악기가 첫울음으로
음계를 조율한다

소망과 축복 담아 탐스런 볼 부비고
필생의 염원으로 움켜쥔 두 손 어루만지며
입맞춤까지 하면

사랑의 입김을 받고 자라나
고유한 음을 발하려
음역과 음폭을 찾아 걸으면
통통 튀는 탄성의 이면에는

연민과 애정과 고통과 오뇌의 밤을 새우며
성장통을 앓는다
혈맥을 늘이고 넓히면 관절은
뼈마디 쑤시는 통증에 시달리고

피멍울 맺도록 쓰리고 아프면
그 통점에 꽃망울 맺히어
눈부신 꽃이라도 피어야 하는데

어설피 피어난 꽃잎에 때 이른 그늘 서리어
얼며 떨며 가슴 졸이고
또 다시 뜬눈 새우며
수 많은 밤 소리 죽여 혼자만의 이슬비에 젖는다
초록이 짙어 봄날이 가기까지.

2. 여름

온전히 저를 세우려 겪어내는
연단의 시간도 생의 발걸음
흐느낌은 감추어도 울 밖을 새어나고

이글거리는 태양이 쏘는 볕살을 받아

온몸 적시는 땀방울 훔쳐내며
연한 영혼과 육신을 담금질로 굳히며

작은 골목길도 길인가 묻고 또 물으며
애써 찾아낸 길은
작고도 큰, 가늘고도 굵은 굴레들이
목을 감아 옥죄이며 걸음을 더디게 하고

광란의 천둥 벼락과 집채를 날릴 듯한 회오리 속에 휘
말리며
피신하는 사람들을 비겁하다고 비웃을 겨를도 없이
화살같이 날아드는 가래침을 양손으로 막아보지만
온전한 방패가 되지 못하여 영육이 쓰러지고
지쳐 쓰러질 때마다
안간힘으로 거듭거듭 일어난다

나락으로 떨어지는 자는
깊고 큰 외로움 속으로 묻히고
눈물은 빗줄기에 묻어버린다

독한 술에 젖어
한 마리 뱀으로 부드럽고 미끄러운 동굴을 찾아들면
잠시 가신 듯
또 다시 밀려오는 생에의 회의

비틀비틀 허우적거리며
악몽같은 현실에서 깨어나고 싶어지는데
누가
이 세상 한 번쯤 살아 볼 만한 곳이라 말하는가

머리 위로 지나가는 태양을 향해
내 그림자 길지 않도록 기원을 드린다
온 몸과 영혼을 다하여 영원히 나눌 것 같던 사랑도 식
어지고
모두 다 떠나고 홀로 남은 자를 마저 등진 해는
여름의 끝을 붉히고.

3. 가을

의지와 무관하게
길어지는 그림자를 발에 붙이고 살면
전화기는 몇 날 며칠 말이 없고
침침하고 작은 독거의 공간엔 적막이 외려 외롭다

천지는 취기 어리고
마음 가득한 혼돈은
삶의 걸음을 빗금질 치며 막아서고
나는 자꾸만 보이지 않는 금 밖으로 밀려난다

울음도, 눈물도 사치로와
버릴 즈음
질고는 거머리처럼 달라붙고
사시나무처럼 떨며 견디는 불안한 한 시절의 매듭은

목숨 줄을 놓을까
절대자 앞에 석고대죄를 드릴까

갈래길의 경계를 넘나든다

하늘을 믿는 숲으로 들어
오색의 단풍이 제 속의 피를 다 뽑아 올릴 때
고개를 숙이고 성스러운 노래와 묵도를 하늘로 올리지만
숲이 하늘을 가리어 저들만의 하늘을 만들고
맑고 큰 참 하늘은
보이다가 말다가
어둡다가 밝다가,

그 어디에도 어울리지 않는 고엽은
숲을 떠나야 한다
그늘이 드리워진 이방인의 자리는
아무도 거들떠보지 않는 언저리

바람도 식어지면
홀로 부르는 콧노래만 감미롭다.

4. 겨울

마음의 빈 들판이 서리에 젖고
바람소리 이명처럼 오면
적막한 평화 가득하다

가문 계절엔 내 속의 피를 풀어
메말라가는 혈류를 소생시키고
이단처럼 나만의 하늘을 향해 일상을 기도한다

어디쯤에서 적멸에 이르든
우리 모두 부지런한 움직임으로 주어진 생을 이어가고
부여된 영역을 다듬고 가꾸어가야지

화려하지 않았어도
그늘진 곳에 살았어도
평지에 섰었건
비탈의 험한 길을 걸었건

지난 계절들에 피워낸 잎새와 꽃들
그리고 지금 반추의 뇌리를 쓸고 가는
기억의 눈과 바람까지 행복이어라

동토의 침묵 속에서 새움을 틔울
깊은 사유의 시간을 갖기에
다시 피어날 봄을 기약하는 것

아, 그리운 것들이여
참도 아름다운 날들이여
뿌연 안개 너머 비치는 지난 생의 풍경이여.

심야, 대리운전 셔틀 정류장에서

　해 아래 처절한 생존의 대열에 서기엔 너무 지쳤거나 미력했다. 어둠 속을 날으며 입은 퇴화되어 평생을 먹지도 않고 산다네. 보잘 것 없고 천한 개똥벌레는 지난 시절 개똥과 쇠똥의 습기로 자라났지만 이제 밤의 허공을 유영하는 반딧불이가 되어 어둠을 밝혀 사랑을 구하며 숱한 취한 영혼들에게 빛을 주고 그리움을 남기는 것이다. 지난 시절의 속속들이 들추어내지 못하는 깊이 아픈 상처들을 빛으로 피워내며 어두운 영혼을 구하는 지상의 별빛으로…… 누가 우리의 이름을 어떻게 부르건.

심야장터라도 열린 듯
삼삼오오 모여 서서
적자가 되지 못하고 밀려난 사연과
하룻밤의 일과를 더듬는 웃음 섞인 이야기가
추위를 녹이려는 국김과 입김에 어우러지며
포장마차 위로 모락모락 피어오른다, 변방의 어두운 사
연들이

낮의 세상에서 상처받은 옹이들이 모여
휴대용 단말기 하나로 불빛 반짝여
아픔의 상흔들을 밤의 꽃으로 피우며
언어보다 깊은 속엣말을 내비치는 것이다

지상의 별이 되어
속속들이 밝힐 수 없는 어둠 속의 세월을
드러내어도 들어주지 않을 깊은 곳의 설움을 묻은
웃음으로

밤내 취객들의 주정이 뱉아 낸 모멸과 멸시도
어묵 두엇, 국물 한 잔에 섞어
명치 끝 뜨겁도록 마셔버리고
불법不法을 타고 다음의 행선지로 떠나야 한다
너는 강남으로 나는 수원으로……

깊이 잠든 가족이거나
길 잃고 헤매이는 취한 손님이든

휑한 불빛 뿐인 식은 방이거나
무언가 기다리는

지상의 최변방
추레하고 오직 어둠만이 반려인
저 옹이들이 별무리가 되어
상처를 치유하려는 진을 뽑아 반짝이며

개똥과 쇠똥의 습기로 자라 혹은
수다히 흔하여 아무렇게나 이름 붙여진
이 밤의 반딧불이들이.

십자가 새긴 복부

병실을 들어서자
앙상한 나무 한 그루 걸어와
잎 진 가지를 뻗어 내 손을 잡는다

죽음에 이르는
저만의 겨울을 견디어 낸 나목의
호수처럼 맑은 두 눈동자
피 마르는 고뇌와 고통의 날이
삭풍과 눈비로 지나간 후의
맑은 햇살 속인양 평화롭다
환한 빛을 등진 영원한 잠을 생각하며
남기고 가야 할 것들과
저 나무의 그늘이 필요한 어린 풀잎들
그리고 기억의 열차를 타고 흘렀을
얼굴 얼굴들
시간 시간들…

환자복의 단추를 풀자

생명의 임계점에 다다랐던 흔적인 듯
그 속에 드러나는 선명한 표시

왼편과 오른편 양쇄골을 잇는 가로줄과
명치에서 배꼽 위까지 그어진 세로줄의
칼날 지난 자리가 성호를 그으며
십자로 나타난다

상처를 기웠던
매듭매듭의 실밥자리가
통증으로 따끔거린다
지난 절명의 순간을 가까스로 겪어낸 시간의 이음새가

저 마른 나무가 겪어 낸 혼자만의 십자가,
십자가에서 피 흘려 가신 이가 부여한 부활의 표시인 듯
무신론자인 나목 앞에 현신하신
당신의 뜻은?

立式食卓主義者

식기세척대 옆에 갓 지어 생기 훨훨 날개 피는 밥냄비
를 놓습니다
냄비받침이 뜨겁다 말하지 않습니다
냉장실에서 추위를 견디던 김치통 통째로 그 곁에 놓습
니다
찬통받침이 차갑다 말하지 않습니다
달콤한 듯한 짠 물에 온통 타버린 검은 알갱이와 유영
하던 생애를 꾸들린 메마름들을 나란히 놓습니다
지난 세월의 희비를 침묵할 뿐입니다
의자도 거추장스러워 선 채로 혼자 밥 먹습니다
희망이 하얗게 불은 몇 술의 밥과 묵묵한 찬들로 한 끼
니 헛헛한 연명을 길어 올립니다
한 술 한 술 더할 때마다 이울던 목마름의 심지불 키가
자랍니다
흐릿하던 시야가 점점 환해집니다
마른 밥의 목메임 비단 어제 오늘만의 일이겠습니까
냉수 한 잔 벌컥 마시고 숨 고르면 눈언저리에 맺는 이
슬 천정 한 번 올려다보며 눈 감아 밀쳐냅니다.

세상의 우물가에서 따뜻한 국물은 먼 이야기지요

달리 불러야 할 생의 찬가 특별히 있겠습니까

수저 소리 즐거운 장단 달그락 달그락 느려진 혈맥에
활기를 불어넣는데요

먹다 남은 냄비밥과 반찬에 아직은 매기화* 피지 않는
데요.

*매기화: 곰팡이꽃

발기

고르지 않은 나대지 위로
불끈 솟아오른 저 잡초
숨소리 시퍼렇게
태양을 향해 허우적거리며
제 길을 간다

팔 흔들어 허공을 가르며
이 앙다물고 피 모으며
정맥을 세워 애 쓰는 일이
실핏줄 같은 오솔길이나 물마른 실개울 새기는
작은 일 쯤이면 어때

피어난다, 하여간
지금 온 생애를 바치는 노력으로
원목을 메고 바위를 메고
거친 숨 몰아쉬며

언덕길 오르는 목도소리의

당찬 생명의 맥박 사분의 이 박자
거침없이 내달리는 기차
혹은 기관선 같은,

살아있음은 허공에 고개 디밀고
죽을 힘으로
빛의 영역에 나를 꼿꼿이 세워
길 가는 일이다

내일 또 다시 허리를 꺾는 비바람 불어온단들.

사무원 출근기

습관이 매단 넥타이에 이끌려 길을 나서면
덜 깬 취기에 피사체는 모두
초점 흐리네

고래같은 지하철 입 속은
끌려온 몸들끼리 질식을 익히면서도
지난밤 다 게워낸 취담들이 기억의 천정을 맴돌고 도네
바퀴 소리와 어우러지며

어떻게 왔는지도 모르게
네모난 문을 열고 들어가
육면체의 공간 속 모난 책상에 앉으면
네모난 하늘엔 유유히 걷는 구름
꿈꾸는 자의 정상은 아직 미명으로 아득한데

생각을 다듬기 전
뒤에서 위에서 귀 울리는 높은 소리와
앞에서 밑에서의 칭얼거림으로

위장은 수포 가득한 소용돌이를 소화시켜야 한다

기안문 귀퉁이는 왜 네모가 반듯하여야 하나
책상은 왜 각이 졌을까
육면체는 사각의 틀에 기초한다는
평범한 사실을 부인할 수 없을까

각 진 곽 속에서
반듯한 것들은 칭찬받고 승승하리라만
흐트러지고 외지고 틀을 벗어난 생각들은
외로워질 뿐이다, 사랑도 사람의 일이라*

좀벌레 가득한 듯 발바닥이 다다닥 다다닥
미지의 불안을 두들기고
어떤 권고의 가능성을 저울질하다
날개 없는 겨드랑이가 가려워지네

갇힌 눈은 창 밖을 바라

무엇이건 동경의 절실함을 키운다
육각의 통 속에 오래 살아
영혼이 점차 각 지는 것을 모르는 채
오늘도 날개 돋는 헛된 꿈만 되새김질한다.

*한용운의 「님의 침묵」에서

노화

오래 전 가신 부모님 하루에도 몇 번씩 독거인 자식을 찾아오신다

당신들의 절절히 외로웠던 시간들을 함께하지 못하고 천치가 되어 누운 뉘우침의 베갯머릴 쓰다듬으시며 괜찮다 괜찮다 하신다, 따스한 온기를 밀치고 등 돌려 돌아서버린 사람들의 혼자 앉은 시간을 잠시나마 나누어 주라시며

우리 모두
서로의 마음 간에 거리를 두고 살아야 하는 이유로 저 하늘의 별들도 눈물빛이라시네요

매양 살아 숨쉬고픈 눈앞의 일 하나로 목숨줄을 걸고 죽어가는데
누가 있어 겨울 고사목 같은 그들의 시간에 바람막이가 되겠냐며
누가 있어 내걸린 등불들의 작은 울이라도 되어 주겠냐며,

누십년 죄인 줄도 모르고 죄를 베고 살아와 무디어진 마음 지금에사 베갯잇에 온통 이슬 적신들 개미 한 마리 찾아오겠습니까

꽃과 풀과 나무들 다 혼자 살아가는 것 안쓰럽고 대견하다 여기며 그것들에게도 미안해 하라시네요 어둠의 시간도 세찬 눈보라도 혼자 아프게 견디며 살아 숨쉬는 저 생명들에게 작은 희망이라도 되라시네요

또 아가들아, 너희들 지금 어디쯤을 서성이고 있으려나.

휴대전화기

심야시외버스를 타고 두리번 거리며 좌석을 찾는다 일
부 손님은 잠들어 있고 대다수의 깨어있는 손님들은 고개
숙인 채 휴대전화기를 만지작거리고 있다 목소리로 전화
하는 사람 문자를 전송하느라 두 엄지손가락을 쉼없이 움
직이는 사람 또 몇몇은 뽀로롱 뽀로롱 풍선을 터뜨리는
애니팡에 빠져 있는 사람 옆에 앉은 한 젊은이는 애인인
듯한 전화기 너머에게 〈도착할 때까지 전화 끊지 말고 계
속 이야기 하자〉라며 체벌을 세운다

쩔쩔 매는 외로움이 실린 휴대전화기들이 외로움의 꽃
몸살을 앓는지 꽃망울 터지는 소리 차내에 가득하다 만발
한 외로움의 꽃덤불을 싣고 버스는 제 길만을 간다 승객
들은 저마다의 외로움의 꽃빛에 눈이 멀어 주변의 외로움
은 칠흑 속에 까마득하네

우리는 누구나 저마다 외롭다
외로워서 그리움을 만들고 그리움에 다시 외로워지고
그리움과 외로움이 더하여 서글프고 애달파지고 서글프

고 애달파서 눈물짓고 눈물에 눈물을 더하여 아파하는 사람들…

자신의 몸과 귀와 입을 기꺼이 열어 주인의 외로움을 덜어주는 휴대전화기

멀리 계신 홀어머님 하마나 하마나 자식에게서 올 전화를 기다리시며 휴대전화기 매만지실 눈에 선한 그 모습 날 밝으면 전화라도 해야겠네.

사각지대의 변

나는 투명의 이름으로 겉도는 바람 태생부터 역마살 가
득하여 무풍의 치외법권지를 떠돌며 어떠한 일반적 상식
영역에서도 벗어나며 스스로를 정형화된 한 성공자의 반
열에 올려놓으려 집요한 투지나 근성으로 성형해가려는
염원도 없이 그저 어진 동류의 타인을 상할까 외곽으로
밀어내어 죽음으로 내몰까 염려하여 신기루처럼 스스로
흩어지는

흐름이다 직선이나 모나고 굳건한 것들을 멀리 하며 뼈
없는 물처럼 구름처럼 안개처럼 고정체들을 에둘러 자유
롭게 변형하며 쉼 없이 흘러가는

뿌리를 가졌지만 착지나 탁근을 모르며 행선지 없는 부
유물이다 견고히 뿌리 내려 발을 땅에 묻고 자신을 옭아
매어 무덤을 파 스스로 썩어질 일은 관심 밖 슬쩍만 건드
려도 송두리째 밀려나리라 아무런 미련 없이 개구리밥처
럼

나는 변두리다 중심은 시작부터 저만의 아성을 쌓고 시
간의 흐름에 점차 곰팡이 슬어 상하고 문드러지게 마련
구르는 돌에 이끼 끼지 않는 것처럼 소외된 외곽의 잡다
한 것들과 함께 맑게 구르는 무명의 돌이다

　무지렁이다 거시기다 잡초다 아무렇게나 이름 불러도
흔쾌히 응답하며 한 술의 인정에 목말라 찾아드는 문전마
다 거절당하는 성자처럼 상상 외의 모습으로 당신을 찾아
드는 그때마다 매몰찬 핍박에 혹시나 했던 발길을 되돌리
며 당신의 거룩한 신앙에 〈요원〉이라는 명패를 붙여놓는

　나는 불법이다 미세먼지같이 하찮은 미물에게 거시의
법전은 손이 짧아 닿지 못하고 나의 터전은 보이지 않는
견고한 벽으로 차단된 공간, 법망은 늘 현실을 앞서지 못
하는 우매함으로 앞서가는 자를 따라 잡을 지혜도 용기도
속도도 없는 걸

　다만 별과 달과 어둠 속 아름다운 불빛만이 이정표요

온기요 사랑이니 기댈 곳 없는 마음 저 불빛 빤히 비추는
은행의 현금입출금기에 기대거나 찬바람 겨우 빗겨가는
비좁은 건물 출입구에서 언 몸 녹이며 누군가를 기다리자
이 어둠과 한기가 가실 때까지.

활엽수를 보았네

　지표의 세치 아래로 방패를 만든다. 지하로부터 올 지도 모르는 공격에 대비하여 거미줄 치듯 철저히 방어벽을 쳐야 해 생존을 위한 호신으로, 지축에서 오는 모든 송신음을 청취하며

　몸이 스스로 활촉이 되어 미지의 적을 향해 겨냥해 두고 살아있는 한 가는 길은 언제나 승리의 확신을 몸으로 새기며, 한 생의 경영은 X—이론 보다는 그래도 긍정적인 Y이론*에 입각하는 것이 더 바람직하겠지

　허공에 활을 켜 이승의 생명에게 맑은 향기를 불어넣을 현악다중주의 음악을 연주할 때 풀잎이 흐느끼고 바람이 울고 허공이 감회에 젖으며 갈 길 바쁜 구름도 달도 별도 어깨너머로 열연에 심취해 머물다 가지

　강한 세풍에 견디려면 올곧은 직선으로 뻗거나 180도의 진행을 삼가며 쉬엄쉬엄 쉬면서 우회와 빗각의 진행을 소중히 여겨 길을 가야지, 특히 90도의 회전은 위험할 수

도 있어.

　우리 모두 떠날 땐 빈 몸인데 한 시절 지천이던 지폐도
지상의 것들에게 다 돌리고 연륜이 깊을수록 영혼의 속살
거듭 맑혀 한 치라도 더 팔 벌려 나 아닌 다른 생명 보듬
어 안고 등 다독여주며 생의 겨울 앞에 감히 홀로 서서 조
용히 떠날 채비를 해야지.

*D. 맥그리그의 경영이론

저인망

심야의 외곽순환도로를 시속 150㎞로 달린다
길이 분리대가 방음벽이 도로 밖 건물과 어두운 산과
하늘까지 모두
길 옆으로 비켜서며
내 좌우의 어깨 곁으로 쓰러지며 부복한다

거대한 파도가 어선에 다가와
맥없이 무릎 꿇는 듯한 마른 바다다
온 몸 다해 드리는 진정의 기도 앞에 순하여지는 맹수다

한 생을 끌고 가는 일은
현란한 춤사위일 수도
일순 멈춰질 수도 없는
도저한 역동의 끈질긴 길 찾아가기

은빛 선어鮮魚들 파닥이는 바다같이
생명이 넘치는 차량의 불빛들 분주한 도로가
그 위에서 길을 찾고 또 가고 있을 사람들이

나의 밥이고 나의 하느님이다

동력으로 추진하는 트롤선처럼
네 바퀴의 회전에 의지하여
묵도하는 전조의 눈빛으로
칠흑의 어둠과 길을 거침없이 찢어낸다

휘감는 빛과 어둠의 바다에서
몸과 가슴과 손발을 던져 가꾸는 일상으로
생을 건져내는 진한 몸짓들마다
부처고 성자다

나는 이 밤도 한 천국을 살아가네
열린 창 밖을 향해 내 머리칼은
인정을 부르는 손짓처럼
즐거운 춤을 추고.

말미잘

저것이 지상에서 몹쓸
죄를 지어
물에 투신하여 죽어버렸구나

헌데 외눈박이가 나를 빤히 바라보는 양이
미인의 속눈썹이 자라고 있잖아
저 유연한 눈썹놀림 속에 숨어
보아내는 세계는 수중궁궐도 만리 밖 해변도 관통하는
통찰력이 있거든,
업수이 볼 수 없는

그럴 리가,
갯강구 한 마리 쯤은 너끈히 삼키고도
시치미 뚝 뗄 수 있는 입이야, 수염까지 예술이네

아냐 아냐
험한 물 속에 태어난 바위의
잘린 배꼽이다야

그랬으면 좋겠지만
저게 제 내장의 온갖 오물 쏟아내는
항문이고
후세를 위한
생식기란 말이야

이름은 또 어떻고, 시아네모네Sea Anemone!
하, 저 말미잘들 즐비한 바다에
또 하루가 가누나.

4부

지다

어둠 속 세찬 비바람에
녹색 플라타너스 한 잎이 툭 떨어져
구둣발 같은 굵은 소리로
포장도로 위를 굴러간다

그 사이에도 나무는 온 몸으로 비바람을 버틴다
팔 벌려 머리를 숙여 한 영역을 감싸 안으며

광경을 바라보는 빗줄기들이
무리지어 발을 구르고
소리 소리마다 눈물의 애통이다

나뭇잎은 뚜벅뚜벅
바람을 타고 눈물들을 온 몸으로 머금으며
제 길을 간다

누가 누구를 버리는 것인가
누가 누구를 떠나는 것인가

서로의 인력이 끝나는 임계점이
또 다른 한 생의 시작이다

밤 내 목숨 부지하고 지는 일로
지상은 떠들썩하고 부산스럽다

한 생을 달리하는 모습 앞에서도
생명을 향한 지난한 몸부림과
바라보는 자의 안타까움과 슬픔까지도

새날 밝으면
파문처럼 퍼져 간 숱한 전설을
눈물로 호소하는 이 있을까.

양배추 반 포기

시장에서 사다 냉장실에 두었던 양배추 반포기를
며칠 후 꺼내 채를 썰려고 보니
처음 평평하던 절단면 중심부가
임신부 배처럼 볼록 나오고
낱잎의 틈새가 엉성히 벌어져 있다

저 비닐랩 속 옴짝달싹할 수 없는 몸으로
물 한 모금 적시지 못한 상태로도
재생의 활로를 찾으려 얼마나 몸과 마음을 태우고
자신을 쥐어짰을까
감옥보다 춥고 어두운 냉장실 한 구석에서

습기를 머금고 미미한 빛을 빨아들여
한 결 한 결 잎맥마다 피를 보내고 마음을 다스렸을
생의 집념 앞에 나는,
채칼 하나 들고 서 있는데

지금 우리 얻고 또 잃을 것이 무엇인지
꺼질 듯 바람 앞 등불같은 목숨의
생명력을 구하는 긴하고 질긴 몸짓 앞에.

점묘화법

길을 간다
닳아서 붓 끝 뻣뻣한 붓 한 자루
오랜 세월을 그려 왔어도 툭툭툭
두드림이 가끔은 매착 없고
마냥 서투른 몸짓이다

걸레붓 한 자루
눈 뜨고도 한 치 앞이 보이지 않고
무엇을 그리는지도
어디쯤 그리고 있는 지도
언제까지 그려야 할 지도 모르는
아직도 미완성인 그림을 그린다

목 마른 영혼 곁길로도 걸어 보다가
가는 길 망설이며 붓대 끝 꼿꼿이 세워 우두커니
넋 놓고 밤도 새우고
추운 날엔 시린 붓끝으로 동동거리기도 했더란다

물감 떨어져 허기지면
쓰러져 누운 자리에서 다시
일어나고 싶지 않았던 순간들
띄엄띄엄 공백으로 남은 채

어둡고 탁한 빛깔로 채색되어
그림 같지도 않고
고쳐 그릴 수도 없이 얼룩진 캔버스

몇 번을 넘어져도 일어서서
물감 묻어 상처진 마음 감싸면서
파렛트가 주는 밥을 먹고
내 발자국 찍으며 걸어야 하는
한 점 뿐인 점묘화

그래도 남은 여백 알차게 채우려
희망의 노랠 서걱거린다.

거미집

생존은 늘 투쟁을 필요로 한다
전투는 작은 한 점 혹은 반투명 극세선의
방사형 전략에서 시작된다

일반적인 전투형태에는 입술소리를 시작으로
스물네 자의 자모음이 어우러진 전술이 숨어 있다
훈민정음식 생의 전투방식에 걸려드는 곤충류의
단촐한 식단이란 겨우 육신의 허기를 달랠 뿐
정작 영혼의 허기는

여린 그물망에 걸린 모든 풍경을 끼니 삼아
편리하게 조각조각 뜯어 먹으며 달랜다

아침엔 산봉우리에 걸린 하늘을
점심엔 바다와 모래밭과 어선을
저녁엔 어둠과 별빛을 먹는다
먹고 또 먹어도 바닥나지 않는 영혼의 와플은
순환하는 계절따라 빛깔도 알맞게 다채롭다

영혼이 풍요로운 시간엔
여섯 줄 기타 소리보다 영롱한 음색을
8개의 팔다리로 치는 방사형 기타엔
감미롭기 그지없는 음률이 흘러
빛과 바람과 눈물의 노래가 되어 출렁거릴 때
평안이 고요 속에 깃든다
내일을 기약할 수 없는 위태로운 생의 허공에서.

간肝을 먹고 살다
― 토끼전을 중심으로

내가 지금껏 밥 먹고 산다고 여겼으나
끼니보다 더 많이 먹고 산 것이
있었네

바람도 허공과 여린 풀포기의
간을 먹고 살 듯이
남의 간을 먹고 살아왔네

더러는 먹으려는 자의 현란한 수사나 꾀임과
먹히지 않으려는 자의 전력을 다하는 몸부림도
있네

생의 여정에
천 길 깊은 수궁 몇 번쯤 드나들고서야
진한 존재의 의미를 가지는 것인데

토끼는
단 한 번의 입맞춤에 용왕부인의 간을 먹었고

토끼를 기다리다 죽고도 열녀비에 묻힌 용왕부인은
용왕의 핏덩이를 먹었다

나도 어머니, 아버지의 간을 먹고 살았고
지금도 알게 모르게 누군가의
간을 빼 먹고 살고 있을 게다

날마다
생명의 정수인 피의 꽃을 먹고 먹히며
살아가는 것이
수궁 드나드는 일이거늘
더러는 빼놓고 다닐 때도 있어야 한다

그래도 마지막은 늘
관용과 화해의 모습으로 상생의
업을 쌓을 일이다
그 간 때문에.

내장마니탕*

경계가 빌딩 숲으로 가득한 각박한 도시의
제대로 숨 못 쉬는 일상
어쩌다 한 번쯤 마음 맞는 친구라도 불러
속 후련히 씻어 줄 탕 한 그릇에
한 잔 소주라도 비울 일이다

동태처럼 얼었던 마음 앞에
일상의 혼잡 같은 갖가지 내장이 뚝배기 가득 끓을 때
우리의 속 끓는 가슴
그 안에서 절절히 풀어 볼 일이다

오그라든 마음을 풀고 열기에 취하는 내장처럼
애만 끓이고 숨겨 두었던 내면의 언어를
뜨거운 김으로 풀어헤치며
더운 눈빛으로 서로의 마음 감싸 줄 일이다

붉게 물든 탕처럼 붉어진 얼굴에
흥건히 흐르는 땀방울 훔쳐가며

잊었던 정겨움의 깊은 속을 펼쳐낼 일이다

깊이 내장해왔던 응어리 진 이야기가
서로의 세포 끝까지 국물에 녹아 스밀 때
편안하고 정겨운 식탁 사이로
다시 떠오를 해를 향해 희망을 걸어보며.

*내장마니탕: 동태의 내장을 많이 넣고 끓이는 탕

박 혁거세 졸하다

1.
상천의 고향에서 귀향의 나팔 소리 울릴 때
어진 산천 군무는 낮게 엎드리고
만화의 꽃불이 타던 들판에
용마는 나래 퍼덕이며 해울음을 울어 쌓고
여섯 고을 드리운 평화에 검은 구름 덮는다

봉우리마다 지펴 끓어오르는
봉화연에 마음들이 멎을 때
불귀의 우리 주님 승천하시는 하늘은
까마귀떼 한 가득 검은 눈물 뿌리고

여읨에
잠들지 못하는 영혼들의 서러움
계림에 검게 맺는데

주여, 어디로 가시나이까

2.
눈물로 지새운 천지에

슬픔의 꽃잎들이 날리우면
꽃뱀은 하관을 막아
존귀한 님의 옥체 오체로 찢어 묻나이다

낙우로 흩내리는 별톨같은 님의 육과 혼은
흙내음 배인 풀섶마다 비린 물 끝 매듭마다
풍요의 심지로 깃들이고
동서남북 참하고 고운 하늘 여신 염원
천 년 역사의 실타래 풀어

장강의 낙동은
천 리 흘러
춤추는데

골 굽어 내 굽어 간 뱀 길 같이
길고 긴 역사의 발원
담엄사 뒷담에 화점으로 놓일 때
햇살에 그을은 능소화
붉게 피더니.

*김길형 역 삼국유사를 근간으로 함

연리지 꽃
— 결혼식에 부쳐

천 년 향기를 품고
서로 다른 하늘과 땅을 숨 쉬며 걸어온
두 그루 나무의 연이은 가지 끝에

일만 날을 삭여 탐스런 꽃망울 맺어
아름다운 한 세상 열어내려는
성스러운 순간

탄생의 울음 울던 순간부터
빛나가는 걸음의 틈새마다 서로를 향해 기울기를 조율
하며
옷깃 여미며 산 날들
서로를 향한 가슴 설렘도, 미움에 등 돌리던 순간도
모두가 오늘 이 사랑의 꽃망울을 향한 길이었다

숲의 갈채와 새들의 아름다운 노래 속에
빛살 앞에 드러난 모든 것들이 축복의 염원으로
함께 하는 자리

남은 날 한결같이
한 쪽은 다른 한 쪽의 눈을 얻어 세상을 온전히 보아 내는
외눈박이 물고기*가 되고
한사람의 영혼의 손끝에서만 생명의 활력을 찾아 가는
유칼립투스가 되어

비바람 눈보라 속에서도 꿋꿋이 생의 찬가를 부르고
보이지 않는 뒤란에서도
고운 빛으로 맑고 은은한 향기 드리워
금쪽같은 한 생
빛 고운 산맥으로 풀어 가거라.

*류시화의 시

틀

마음 깊이 묻어 둔 타원형 친구가
어느 날 날 선 모서리로 나를 겨눌 때
심연을 뒤흔드는 물결 요란해지고
숨비소리 마음바다를 떠돈다

함부로 이름 지을 수 없는 꼴을
수 년 혹은 수십 년의 연륜을 이유로 이름 붙인
내 단정이 안타까워
애초의 원점을 생각한다

나는 너에게
또 너는 나에게 무엇이었나

'우리' 라는 이름으로 걸어온 세월도
서로 함께 나눈 속 깊은 언어도
제 갈 길이 바쁜가 보다

매 번 새롭게 보아내는 안목 없어

변화하는 우리를 보지 못해
내면의 암벽에 부딪는 걸음걸음들

나는
너의 모서리와 둥긂을 다 받아주는
허공이고 싶고
눈물과 바람까지도 기꺼이 머금는
바닥이고 싶은데.

이상한 不文律

그대의 정체성에서부터 깊고 넓은 실력에 이르기까지 모두 인정하지만 그것이 이 배에 동승할 필요충분조건일 수는 없어 한 가지 더 가깝고도 멀고 쉽고도 어려운 일이 남아있지

무엇보다 그대 내 어둠을 밝혀 둘 사이에 놓인 금단의 사다리를 타고 나의 접시를 닦는* 일이다, 내일을 모르는 세상 길 둘 사이를 견고히 묶을 수 있는 연대감은 한 잔의 술을 따뤄놓고 얼굴과 가슴과 무릎을 맞대고 꿈의 대화를 풀어 두 영혼의 부끄러움이 적나라하게 드러날 때까지 하나 되는 시간을 갖는 거지 두운에서 입술의 더운 안개를 나누고 요운에선 그대의 뱀장어 한 마리 내 작은 늪에서 멱을 감고 각운에서 연골들이 노 저어 내는 악기 소리 속에 축제의 시승식을 하는 한 편의 시를 쓰며

어떻게 그 사다리를 타고 오는가 얼마나 접시를 잘 닦느냐도 묻거나 따지지 않고 다만 서로 걸치고 있는 가식의 껍질을 벗고 마주한다는 거야 그 이후론 어떤 강한 절

단의 의지도 둘을 잇는 무형의 끄나풀을 잘라낼 수 없게
되지

　자 그럼 이제 내 초라한 식단에 수저를 들고 오래도록
함께 나의 배를 타고 노 저어 가야지 동행의 길 서로 감싸
안으며 우리 앞에 다가오는 선악의 빗금질도 합심하여 걷
어내고 둘 만의 길로 접어들자

　내일은 또 다른 시승식이 있네 모레도 글피도⋯⋯

*황동규의 「버클리 풍의 사랑노래」에서

구토 2

충분히 소화되지 못한 풍경과 소식들
어느 땐 햇살에 휩싸여 화사하게
더러는 비 더불어 서럽게
혹은 격앙된 열기로
쏟아진다

빛나는 시간을 먹고
비와 바람을 먹고
어설피 중화된 내장의 찌꺼기들이
세상 밖으로 풀어진다

여전히 미숙한 마음의 식도
아니면 게걸스레 먹어버린 탓의
위산과다에 걸린 영혼

소화된 것도
목과 식도에서 토해진 것도
모두가 한 낙화 한 흐름

기쁨도 슬픔도 고통도
사계를 순환하는
작은 한 연결점

지나가리라 그 모두가.*

*랜턴 윌슨 스미스의 시 「이 또한 지나가리라」에서

밤, 어둠과 여윈 빛뿐인

취객은 빛 가득한 휴먼시아로 오는 길을
몇 번이고 소리 높여 설명하지만
빛 곱고 찬란한 것들 모두 그렇듯
어둠에 먹히고 숲에 가려져
휴먼시아 802동은 찾을 수 없네
취객은 오른 쪽으로 오라시는데
취한 기준점의 오른편은
오른편이고 왼편이며
오른편도 왼편도 아니네
가던 길 되짚어 몇 번을 거듭 돌아도 찾지 못하고
숨차고 땀 젖는 내 겨운 육신만이 별을 띄우네
이제, 가슴은 그 소리마저 삼켜버리고
있던 길도 지워버려
천지가 막막하게 정지된 시공
백주를 어둠 하나에 잠재우고
암묵 속 실빛으로 세상을 감싸안고 온기를 불어 넣으며
어둠과 빛의 이분법 언어만
남기네

어둠은 모든 희망도 실망도 마취시켜*
휴먼시아도 손님도 갈 길도 아득하고 아득하여져
더듬이 세워 익혀가는 실빛 속의 어둠이
비로소 나의 환한 길이 되네.

*이영광의 「저녁은 모든 희망을」에서 원용

141

어둠의 모성으로 드나드는 빛들

어둠에서 잠 깨어
빛들이 일출의 날개 타고 산지사방 흩어지며
하루를 펼쳐내어

다채색으로
온 우주에 생명과 활기를 불어넣고 습기를 걷어내며
낮의 세상을 성실히 빛내고

부지런한 하루의 기쁨과 슬픔 속 행복의 깊은 의미를
온 몸과 마음으로 느끼다가
석양의 손짓에 답하며 집으로 돌아온다

돌아오는 빛들을 맞으려
산어귀 아랫녘으로 가만가만 내려와 서성이며
흙 묻은 땅거미 발로
이제나 저제나 기웃거리는
깊고 은은한 사랑의 마음을 읽는 날이 많다

돌아와 밤 내 어머니의 품에 안겨
내일 다시 더욱 맑고 아름다운 세상을 가꾸려 꿈을 꾸며
숙면으로 충전할 수 있는
어둠 속 지극한 모성의 시간이 있네

더러 불귀의 빛들로
어미는 촉촉히 밤이슬 적시어 가슴을 쓸면서도
그러려니 그러려니 스스로 위안하며
밤을 지샌다

몇 십억 년을 살아오며 깨달은
온 누리에 오고 가는 목숨들의
생멸의 이치를 알기에

오, 또 다시 빛들이 풀어진다
어둔 빛 어머니 품을 나와
힘찬 빛들이 봇물 터지듯 하루를 연다
축제의 장으로 가는 빛들에게 축복을.

피그말리온 식으로

보고 싶다, 눈빛 마주하고 싶다, 그 눈빛에 빠져 사랑하
고 싶다는
절절한 외로움의 표현들은
구미호의 꼬리를 품고 있다

빈 손으로 떠도는 자의 사랑은 실연이라는 마침표 하나
를 먼저 싣고 각박한 시대의 순수는 사산되거나 선천성
불치병을 안고 태어난다

물 한 방울에도 대가가 따르거늘 감히 낡고, 무전인 자
유로움이 사랑을 취할 수 있으랴

나의 풍부한 육질이나 얼굴을 먹고 살 수는 없으니 최
소한의 구색은 갖추고 살아야 할 텐데 상대가 예수의 사
랑으로 사는 이든 부처의 자비로 사는 이든 낡고 추레한
자유로움으로 세상사에 필요한 구색이라고는 눈꼽만큼도
없는 반편인 빈 껍질의 실체를 알고 나면 엉덩이에 묻은
먼지 털 듯 미련 툴툴 털고 떠날 것이기에

이별 후의 그 뒷감당 떠맡을 자신이 없어
상심한 가슴으로 한 세월 보낼 일이 아득하여져
내 일상 망가져 어질러질 일이 꿈만 같아서
눈을 감는다 고개를 돌린다 딴 생각한다

연인이려고 다가오는 달작지근한 미소 앞에
선악과를 들고 오는 이브들의 유혹 앞에.

벽

세상에! 이렇게 많은 벽이 있다는 걸 몰랐어 이 많은 벽이 한 필의 그물처럼 연결되기도 하고 조각조각 나눠지기도 하면서 내가 나타나는 시간과 장소를 어떻게 알고 찾아 드는지 집을 벗어나면 어디든 매번 앞을 가로막네 벽이다가 울이다가 다시 그물이 되기도 하면서

열 대여섯 선머슴 적에 얕은 골짜기와 늪지를 손 짚고 개헤엄으로 오른 야사를 두고 누구는 천수관음이나 시바신*의 환생이라고도 하고 어떤 이는 말미잘의 촉수를 가진 비인간이라고도 하는데 그 신화같은 이야기가 모두 벽으로 되살아나 앞을 막고 빛을 가리며 내 어둠을 검정으로 덧칠하여 발을 묶고 몸을 가두네

이력서에 없는 소싯적 비력으로 인해 생긴 벽이 25년간 열 다섯 회사를 들락거리다 날벼락같은 해고를 두 번이나 당하게 하고 나를 세상의 기피인물로 각인시키고 정서불안과 대인기피와 질병이 어우러진 긴 고통의 터널을 지나게 하고 어둠에 묻혀서야 빛으로 우는 반딧불처럼 밤

의 불빛에 취한 영혼의 길잡이 노릇도 먹이사슬의 말단에
서 내일을 기약할 수 없네

　자꾸 몸 불리며 그물코를 짜는 저 벽이 칭칭 나를 감아
드는 것도 모자라 세상의 끝지까지 퍼져 나가네 올마다
유리가루를 먹인 듯 닿는 영혼의 부위마다 피 배어나고
유리가루 박힌 듯 따끔거리고 만신창이가 되지만 여전히
벽과 잘 싸우고 있어 당신의 눈이 입술이 웃음이 내 글을
따라가는 당신의 연필이 발길에 스치는 풀과 숨을 쉬는
공기와 파란 하늘과 내리는 비와 비추는 햇빛과 … 저 수
다하고 조밀한 벽들이 저를 넘어가라 하네 벽은 넘어가라
고 있는 것이라며.

*인도 신화에 나오는 팔이 많은 신.

세한도에 담은 마음

  세찬 바람 가득한 섬 제주에서 가시울타리에 갇혀 돌처럼 굳어지는 마음은 구멍 숭숭 허하여 흐르는 시간도 멈춰버리고 마시는 공기마다 외로움이고 병 깊은 시야는 삭막한 풍경마저 흐릿하게 지운다

  길고 독한 삶의 혹한 속에서 〈겨울을 넘겨야 소나무와 잣나무가 여느 나무와 다름을 알게 된다〉[1]고 되뇌이며 다시 너를 생각한다 매번 먼 길 다녀올 때마다 잊지 않고 챙겨 주는 눈물 나게 고마운 너의 정성과 사랑 앞에 늙은 노구의 깊은 가슴을 담아 거친 지상에 가느란 온정의 불빛 하나 새겨 보낸다

  나무와 나무 사이 서로 함께 바라볼 수 있는 야트막한 희망의 집 하나 있어 사랑은 창 안에서 화롯불 지펴 도란거리고 힘에 겨운 등잔불빛으로 피어나는 웃음들 있어 멀리 바다 건너 너의 언덕 위에 빛나는 별 되어 드리우리다 세상 모두가 외면하여 온통 백지같은 싸늘함 속에서도 네 상록의 사랑 하나 있어 춥고 고독한 영어의 한 시절도 언젠가는 그치리라

바람은 저리 울어 내 마음 흔들어도 사랑아 사랑아 너의 오래도록 변치 않을*2) 따뜻한 마음 하나 꽃처럼 붉어 아득히 어두운 절망의 때에도 내 삶과 길을 향한 열망은 초록 잎새 성하다.

출처 : 세한도(국보180호),박철상 지음, 문학동네
*1) 論語 : : 歲寒然後 知松栢之後彫, 본문에서
*2) 세한도의 낙인에 새겨진 어구(長毋相忘)에서 원용

빈센트에게 보내는 테오의 마지막 편지

이렇게 가시는군요. 보이는 풍경 모두 당신께서 그리신 〈별이 빛나는 밤〉의 물살에 흔들리는 불빛처럼 흘러내리고 무더운 여름날의 바람이 왜 이다지 시린지요.

아버님으로부터 버림받고 떠나 먼 남녘의 하늘 아래서 지상 어느 누구에게도 받아들여지지 않았던 당신의, 고독과 고통과 파란의 삶에 도움 드리지 못하였음과, 늘 이 세상 아닌 먼 하늘을 바라보시며 그림으로 말씀하시던 당신의 속을 덜어드리지 못한 것이 죄스럽고 가슴을 찌르는 가시로 남습니다.

언젠가 〈타라스콩이나 루앙에 가려면 기차를 타야 하는 것처럼, 별까지 가기 위해서는 죽음을 맞이해야 한다. 죽으면 기차를 탈 수 없듯, 살아있는 동안에는 별에 갈 수 없다. 증기선이나 합승마차, 철도 등이 지상의 운송수단이라면 콜레라, 결석, 결핵, 암 등은 천상의 운송수단인지도 모른다. 늙어서 평화롭게 죽는다는 건 별까지 걸어서 간다는 것〉**이라시던 당신의 글귀가 오늘따라 가슴 깊이 새겨집니다. 이제 당신은 걸어서 별에 이른 것이 아니라, 당신 스스로 사람들의 눈과 마음에 스러지지 않는 밝고도 커다란 별이 되신 겁니다.

살아 움직이는 것들을 그리시며, 핍박받아 갈 곳 없는 사람을 사랑하면서도 당신의 꿈은 언제나 해를 바라는 꽃과 어둠 속에 빛나는 별과 달, 하늘을 나는 까마귀를 그리시던 것이 무엇이었는지, 연민과 사랑의 마음으로 고통스러워하시던 당신이 그림을 통하여 하시는 말씀의 의미를 조금은 알 것 같습니다. 평소 제게 미안해하시던 당신의 사랑하는 동생이란 것 하나로도 참 많이 축복받은 사람입니다.

연둣빛 익어가는 밀밭 위로 까마귀가 날고 있네요, 당신의 그림처럼. 이제 고통 없는 그곳에서 영원한 평화와 행복을 누리세요. 가장 친한 친구이자 한 분 밖에 없는 형님을 잃고 저 스스로도 삶의 기력이 소진되어 종착에 이르는 게 아닌가 싶네요. 그간 진정 사랑했어요.

*졸저 『한 마리 새가 하늘을 지고 와서』에 수록된 내용 일부 보완 수정
**신성림 역 『반 고흐, 영혼의 편지〉,예담, p 178(원문 내용 일부 삭제)

이 도서의 국립중앙도서관 출판시도서목록(CIP)은 e-CIP 홈페이지
(http://www.nl.go.kr/ecip)에서 이용하실 수 있습니다.
(CIP 제어번호 : CIP2013001267)

떠돌이 별, 마음 닿는 자리마다

글쓴이 / 박시랑
펴낸이 / 孫貞順
펴낸곳 / 모아드림

1판 1쇄 / 2013년 3월 14일

서울 서대문구 북아현3동 1-1278
전화 / 365-8111~2
팩시밀리 / 365-8110
E-mail / morebook@morebook.co.kr
http://www.morebook.co.kr
등록번호 / 제2-2264호(1996.10.24)

값 8,000원